As Dez Torres de Sangue

Carlos Orsi

primeira edição

editora draco

são paulo

2012

Carlos Orsi
Natural de Jundiaí (SP) é jornalista especializado em cobertura de temas científicos e escritor. Já publicou os volumes de contos *Medo, Mistério e Morte* (1996) e *Tempos de Fúria* (2005), e os romances *Nômade (2010)* e *Guerra Justa* (2010). Seus trabalhos de ficção aparecem em antologias como a *Imaginários v. 1*(2009), *Vaporpunk* (2010), *Dieselpunk* (2011), *Fantasias Urbanas* (2012) e revistas e fanzines no Brasil e no exterior.

Publisher: Erick Santos Cardoso
Revisão: Igor Santos
Produção editorial: Janaina Chervezan
Arte e capa: Ericksama

Dados Internacionais de Catalogação na Publicação (CIP)
Ana Lúcia Merege 4667/CRB7

O 76

Orsi, Carlos Martinho
As dez torres de sangue / Carlos Martinho Orsi. – São Paulo : Draco, 2012.

ISBN 978-85-62942-52-5

1. Ficção brasileira I. Título.

CDD-869.93

Índices para catálogo sistemático:
1. Ficção : Literatura brasileira 869.93

1ª edição, 2012

Editora Draco
R. José Cerqueira Bastos, 298
Jd. Esther Yolanda – São Paulo – SP
CEP 05373-090
editoradraco@gmail.com
www.editoradraco.com
www.facebook.com/editoradraco
twitter: @editoradraco

SAIBAM todos que o caminho é árduo: pois entre o Malkhuth, a Matéria, e Kether, o Poder, descortina-se a imensidão do Abismo, o vácuo que também é chamado Daath; EM VERDADE, sobre a água escura de Daath estendem-se as vinte e duas pontes e os oito caminhos. MAS perigoso é cruzar as pontes; TEMERÁRIO, percorrer os caminhos. ESCUTAI com atenção: pois DEZ são os estágios entre Criatura e Criador. Dez são os mistérios que canalizam e mascaram o Poder supremo de Ayn Soph Aur, O Nada que gera a Luz.

A Revelação de Adão Kadmon

AS DEZ TORRES DE SANGUE

François Rouen esfrega o braço esquerdo, ainda paralisado, enquanto observa o horizonte a oeste. O grupo, ele pensa, está bem instalado — ou, ao menos, tão bem instalado quanto as condições permitem: no centro de um círculo de pedras, com boa visibilidade do deserto em todas as direções, perto de uma nascente cercada por vegetação rasteira. Um quase-oásis. A água que flui da nascente parece boa, e o suprimento de comida ainda não acabou, o que é quase um milagre, tendo-se em vista tudo pelo que haviam passado desde o ataque pirata e o naufrágio.

A garota, pelo menos, estava intacta. O pensamento fez François sorrir. Afinal, os Rouens haviam chegado a Portugal ainda durante as Guerras de Reconquista, e desde então nenhum nobre português jamais tivera motivos para se queixar dos serviços prestados pela família. E François não tinha a mínima intenção de ser o primeiro a fracassar em uma missão. Se Dom Manuel estava disposto a pagar para que sua irmã — uma jovem bastarda, que só havia sido apresentada à aristocracia após a morte do patriarca da família, meses atrás — chegasse sã e salva a Goa, um Rouen cuidaria disso.

O braço, ferido dias atrás em uma escaramuça com negros caçadores de escravos, continuava a doer. A flecha, de ponta triangular, farpada, deixara um corte profundo e de cicatrização lenta — se é que algum dia a ferida viria a cicatrizar de fato.

— O que vamos comer? — perguntou Dom Manuel. O homem não seria mais velho que o próprio François, mas era nitidamente menor, mais gordo (agora, depois de tantas privações, mais flácido), mais fraco. E mais covarde. O mercenário imaginou, por um instante, se todos os nobres portugueses dignos do título já não teriam morrido nas colônias, deixando o império nas mãos de trastes como aquele.

— Carne seca — respondeu o soldado. — Não há mais nada nos alforjes, ou há?

Do grupo original que sobrevivera ao naufrágio, restavam apenas Dom Manuel, a irmã, Dona Teresa, uma escrava judia aparentemente sem nome — os outros referiam-se a ela apenas como "mulher" — e o próprio François. O grupo completo, que deixara Portugal rumo ao Cabo da Boa Esperança e a Goa, era composto por mais de cinquenta pessoas, entre marinheiros, escravos e passageiros. Após o naufrágio, cerca de vinte chegaram à praia, em um trecho de litoral muito distante de qualquer entreposto europeu.

Os marinheiros, homens rudes e fortes, foram tombando à medida que entravam em choque com as tribos nativas. Outros pereceram vítimas de serpentes, ou quebraram pernas e braços e tiveram que ser abandonados à própria sorte. Pensando na trajetória que haviam seguido nos últimos dois meses, Rouen não conseguia deixar de imaginar que algo, ou alguém, os conduzira até ali. Afinal, eles deveriam ter procurado um entreposto — havia vários marcados no mapa — mas a mata densa, os nativos e, depois de algum tempo, os mercadores de escravos, todos pareciam conspirar para levá-los ao deserto. Bem, agora eles estavam no deserto. Algum ponto ao sul da Argélia, uma terra de tribos nômades, tuaregues e berberes, todos com uma sólida reputação de saqueadores impiedosos, ao menos entre os viajantes europeus. O que viria em seguida?

O sol já ia se pôr. Naquela altitude, ainda relativamente próxima à planície baixa das savanas, a noite não deveria ser tão fria quanto em outros pontos do deserto. Rouen já ouvira histórias sobre noites, no Saara, frias o suficiente para congelar as lágrimas nos olhos de um homem.

Por alguns instantes, o mercenário considerou a hipótese de pedir a Dom Manuel que se encarregasse de um dos turnos da guarda, mas logo desistiu da ideia. François sabia que não seria capaz de dormir tranquilo com sua vida dependendo da presteza daquele poltrão.

Eles não fizeram fogueira. Na selva, o fogo pode servir para assustar os grandes predadores. Mas, no deserto dos tuaregues, o fogo era um convite ao saque. Rouen não estava disposto a correr riscos. Ele havia visto homens, berberes ou tuaregues, passando ao longe, durante quase todos os dias, desde que o grupo entrara no deserto. De qualquer forma, a noite estava clara e límpida. O mercenário lembrou-se de outra lenda — *no Saara, chove três dias a cada ano*. Bem, não ia ser desta vez.

A escrava cortou tiras de carne seca para todos, de acordo com as instruções de Rouen, e então ela, sua senhora e Dom Manuel foram dormir. Apenas François permanecia acordado, percorrendo, em um passo cadenciado, o perímetro do círculo de pedras que delimitava o pequeno oásis.

Talvez o mercenário estivesse cansado, e o cansaço lhe tirasse a atenção; talvez ele tenha cochilado um pouco, inadvertidamente. Talvez a dor no braço o impedisse de se concentrar. Ou, talvez, ele tenha sido derrotado por uma limitação muito mais simples — afinal, nenhum homem consegue olhar em todas as direções ao mesmo tempo.

Qualquer que tenha sido a causa, os primeiros raios da alvorada brilharam sobre a lâmina de um punhal dourado, cujo fio tirava um filete de sangue da garganta de François.

— Fique quieto — as palavras, em árabe, foram sussurradas diretamente no ouvido do mercenário. Rouen podia sentir a barba áspera e o hálito quente de seu captor com a mesma intensidade com que sentia o corte da lâmina, junto à garganta. — Fique quieto, ou que Alá tenha piedade de sua alma.

O mercenário tinha consciência de que era seu dever proteger Dona Teresa com a própria vida. Mas ele também era um realista, e sabia que, morto, não poderia fazer nada pela jovem dama. Assim, num gesto de rendição, Rouen deixou cair o sabre espanhol sobre a areia.

— Muito bom — disse a voz árabe, ainda num sussurro. — Muito bom. Meu mestre não tem nada contra você.

No centro do círculo de pedras, Dom Manuel gritava, praguejando, após ser acordado por um violento chute na barriga.

— Olá, Manuel, não se lembra mais de mim? — as palavras foram articuladas em português. — Continua roubando no jogo de dados?

Em pé, ao lado de Dom Manuel, que se retorcia de dor, havia um homem alto, forte, de pele bronzeada e nariz aquilino. Ao contrário dos tuaregues (não mais que dez) que agora cercavam o oásis, a pé ou sobre dromedários, ele não usava barba.

Os nômades que acompanhavam o homem de nariz aquilino não eram tuaregues comuns. Cada um deles tivera uma parte do corpo — um braço, uma perna, um olho, uma face — substituída por uma réplica imperfeita de metal dourado. O homem que detinha Rouen, por exemplo, não *empunhava* uma faca. A lâmina que pressionava a traqueia do mercenário era como uma extensão viva do antebraço do agressor.

Dom Manuel finalmente se voltou para fitar seu algoz — e ao encarar o abismo daquele olhar negro, firme e metálico, o nobre português empalideceu e recuou, rastejando de costas, um grito de horror travado na garganta. Finalmente, balbuciou:

— Sa...sa... Salomão... não pode ser...

Ao ouvir essas palavras, a escrava judia se voltou para o estranho sem barba. Depois de observá-lo, incrédula, por alguns momentos, a mulher sorriu:

— Salomão! É você!

— O judeu Salomão Gross está morto — disse o

homem com rosto de águia. — Assim como está morto o cristão-novo Sérgio Rodrigues. Hoje meu nome é Ibn Batil, o que significa "Filho do Vácuo". Os tuaregues me chamam assim porque me veem como um homem sem pátria, família ou religião. E a quem devo agradecer por isso?

— Espere... você não... — Dom Manuel lutava contra a areia e o próprio peso, finalmente conseguindo se pôr em pé. — Quero dizer, como...

Ibn Batil retirou uma adaga curva, com o cabo cravejado de joias, e usou a lâmina para descrever algumas filigranas no ar, diante dos olhos arregalados do português.

— Mandei fazer esta faca no Afeganistão, sabendo que o dia chegaria. Meu caro Manuel, desde que descobri que você iria fazer a viagem até Goa, pensei em inúmeras formas de acertar as contas... eu poderia esfolá-lo e deixá-lo, em carne viva, esturricando sob o sol do deserto... ou arrancar seus olhos... ou...

— Você sabia que eu viria?

— Claro! Quem você acha que dirigiu sua pequena expedição até este ponto?

— Maldito! — o grito veio de Rouen. — Trinta homens...

A pressão da lâmina contra o pescoço do mercenário cresceu. O recado havia sido claro, e Rouen se calou.

— Trinta assassinos, ladrões, traidores e covardes — disse Ibn Batil, sem tirar os olhos de Dom Manuel. — Exatamente o tipo de escória que nosso amigo comum emprega. Oh, não se ofenda, senhor Rouen. O senhor é, possivelmente, a única exceção. O senhor e a bela Ester, aqui.

— Salomão — a escrava ainda sorria, mas lágrimas escorriam copiosamente por seu rosto. — Como você...

— Salomão está morto, Ester — disse Ibn Batil. — Seu marido morreu em um calabouço da cidade de Salvador, do outro lado do mundo. Esqueça-o. Mas não sofra muito; pois, em breve, o cão responsável por todas as suas dores não irá respirar mais o mesmo ar que você.

— Não toque em meu irmão! — Dona Teresa se pôs em pé com um salto, e tentou correr na direção do líder nômade. Um tuaregue, com uma espécie de máscara de bronze a cobrir toda a metade superior do rosto, agarrou-a pela cintura, detendo-a. Ibn Batil sorriu um sorriso de escárnio e disse:

— Sinta-se feliz por eu ter outros compromissos a saldar, Dona Teresa. Ou a senhorita acha que eu tenho algum prazer em ser gentil com a irmã — aqui ele riu um pouco, e Rouen imaginou detectar um certo escárnio na voz — do homem que arruinou minha vida e escravizou minha família?

— Herege! Bruxo!

— Cale-se, antes que eu esqueça meus compromissos e a entregue para o lazer de meus homens, sim?

A sugestão fez Rouen retesar cada músculo do corpo. A faca dourada bebeu um pouco mais de sangue.

— Bem, como eu ia dizendo, Manuel, durante muito tempo pensei em formas de tornar sua morte mais agradável. Em formas de extrair mais satisfação dela. Mas, no final...

O movimento foi rápido demais para o olho seguir. Tudo que se viu foi um breve refulgir de metal, um rastro brilhante como um raio de sol capturado em pleno ar seguido por uma linha de sangue sobre a areia. E então o corpo sem vida de Dom Manuel se precipitou em direção ao solo, a cabeça quase caindo solta, uma segunda boca, sangrenta, abrindo-se bem no meio da garganta. O golpe fora perfeito: um único corte, rápido, suave e preciso, havia varado todo o pescoço, abrindo um caminho retilíneo através de carne, veia e tendão, poupando apenas o osso.

— ... No final, precisamos nos lembrar de que somos homens, e não chacais, não é assim? — disse Ibn Batil, completando sua frase menos de um segundo após interrompê-la. — Então saiba, maldito, que eu lhe dei aquilo que você e seus cães jamais me teriam dado: uma morte rápida e limpa.

— O que você vai fazer conosco, agora? — perguntou Rouen, usando um tom neutro de voz.

— Meus homens levarão Ester até o litoral. Não, não proteste, querida, por favor. O que eu lhe disse era verdade: Salomão, o homem com quem você se casou, está morto. Sou Suleiman Ibn Batil agora, um homem com quem você não suportaria viver. Afinal, você conseguiria imaginar o seu Salomão degolando um homem indefeso, e a sangue frio? E não foi isso que acabei de fazer? E saiba, Ester, que não me arrependo. Nem por um minuto.

— Não… realmente… Eu… — enfim ela baixou a cabeça, concordando. Todo seu corpo tremia. Quando Ester ergueu os olhos de novo para encarar o homem que havia sido seu marido, não havia mais nenhuma lágrima. — O senhor está certo, Dom Suleiman. Meu Salomão está morto.

Ibn Batil sorriu um sorriso amargo:

— É melhor assim. Agora… preste atenção: estes homens irão levá-la até o litoral. Eles têm ouro suficiente para lhe comprar uma passagem em qualquer navio, para qualquer lugar. Evite Portugal, Espanha ou as colônias do Novo Mundo, está bem? A Terra está longe de ser um lugar seguro para os judeus hoje em dia, mas *esses* lugares são ainda menos seguros. E... aceita um conselho?... Case-se.

— Está bem.

Rouen fez um novo protesto. Ele tentava modular a voz o melhor possível, para não despertar desconfiança no tuaregue que o mantinha sob ameaça:

— E quanto a nós? Dona Teresa e eu? Tenho que levá-la...

— A Goa, eu sei. Sinto, mas não será possível.

— O que você quer dizer com *isso*?

— Quero dizer que tenho débitos a pagar. Tenho que pagar pelas informações a respeito dos movimentos de Dom Manuel. Tenho que pagar pelo esforço dos nativos em trazer vocês até aqui. Tenho que pagar pelo ouro que estou dando a Ester. Alá seja louvado, estou em dívida com meia África! E preciso de Dona Teresa para saldar a dívida.

— Não posso permitir isso — respondeu o mercenário, sem conseguir conter um tremor de pura raiva e frustração na voz.

— Seja razoável, sim? Uma palavra minha, e Salaak irá

abrir sua garganta com a mesma elegância com que abri a de Dom Manuel. Mesmo se eu estivesse disposto a lhe dar uma chance justa, em um duelo ou coisa assim, você está com um braço inutilizado. Escolha: você pode acompanhar a escolta de Ester de volta até o litoral, ou ficar por aqui e secar até virar uma múmia. Mas escolha rápido. Haroun!

Reagindo ao grito, o nômade com rosto de bronze, que mantinha Dona Teresa imóvel e calada, ergueu-a nos braços e a colocou sentada sobre a corcova de um camelo próximo.

— Deixem-me descer! Eu não quero! Deixem-me...

— Dona Teresa, a senhorita deveria analisar melhor sua posição. Não se esqueça, sempre posso encontrar outra forma de saldar minhas dívidas. A menos que queira tentar suas chances sozinha, neste deserto, sugiro que cale a boca.

— Obedeça, Dona Teresa — disse Rouen, cuspindo ódio por entre os dentes. — Ele tem a situação nas mãos.

— Um homem perspicaz! Bom, é hora de ir. Adeus, Ester...

— Adeus, Salo... Suleiman.

— Senhor Rouen, sugiro que não se demore muito a tomar sua decisão.

Acompanhando Haroun, que puxava o camelo de Dona Teresa, Ibn Batil caminhou até a pequena tropa que ainda cercava o oásis. Rouen logo concluiu que os tuaregues haviam cercado a área ainda durante a noite. Pouco antes da aurora, um batedor tinha sido enviado para imobilizá-lo, e então os outros puderam se aproximar sem problemas.

Suleiman Ibn Batil subiu em seu próprio camelo — uma montaria de pêlos dourados, brilhantes, e olhar selvagem. A rédea do animal de Dona Teresa foi amarrada à sela do camelo dourado. Ibn Batil partiu acompanhado apenas por Teresa e Haroun. Todos os outros tuaregues, nove deles, ficaram para tomar parte na escolta de Ester.

* * *

Dona Teresa e seus dois captores se afastaram rapidamente do oásis, dirigindo-se sempre rumo ao oriente. A viagem durou meses — Teresa viu a lua crescer e minguar pelo menos três vezes. Ela suspeitava que o percurso poderia ser menor se cruzassem a distância em linha reta, mas Ibn Batil fazia estranhos desvios pelo caminho. Talvez fosse para não perder nenhum oásis, nenhuma chance de obter água e frutas frescas, a mulher imaginou. E a cada oásis onde paravam, Suleiman Ibn Batil era recebido com festa pelos árabes, bérberes ou tuaregues que estivessem no local. Ela própria era tratada como uma espécie de rainha, apenas por acompanhá-lo.

Haroun, por sua vez, era evitado por alguns, mas tratado com piedade por outros. Aos poucos, a jovem portuguesa percebeu, com horror, que a placa de bronze sobre o rosto daquele guerreiro de pele escura não era uma máscara. O metal se encontrava infundido na própria carne.

Os sentimentos da jovem quanto a Suleiman foram se tornando cada vez mais indefinidos com o passar do tempo. A princípio, ela acreditou que seria seu dever odiá-lo; como não odiar o criminoso que assassinara Manuel a sangue frio? Mas o amor dos povos do deserto por aquele estranho homem de nariz aquilino chegava, às vezes, a ser contagiante. E, se Suleiman não era exatamente gentil para com ela — ao menos, ele não demonstrava nenhum traço daquela submissão hipócrita que, na Corte de D. João V, passava por cavalheirismo — o bandido tinha lá suas formas de demonstrar afeição.

Certa vez, ao encontrarem uma caravana de mercadores, Suleiman fez alto e passou toda a manhã a barganhar com um vendedor de tecidos. No início da tarde, três escravas conduziram Teresa a uma grande carroça, e lhe disseram para pegar todos os vestidos que desejasse.

Ao olhar para os véus e as saias esvoaçantes, densas ou vaporosas, longas ou curtas, cortadas para servir ao recato muçulmano ou à sensualidade pagã, Teresa quase se esqueceu de sua condição de cativa. Ao sentir, na ponta dos dedos e junto à face, a leve textura da lã e da seda, a portuguesa não pôde conter um acesso de riso infantil. Por fim, ao se embebedar com as cores fortes, os azuis, vermelhos, verdes e amarelos, entremeados com fios de prata, joias e fagulhas de ouro, Teresa se viu nutrindo uma estranha admiração por aquele homem sem pátria, o misterioso bandoleiro que não hesitava em colocar as riquezas do oriente aos pés de uma prisioneira.

E, dessa forma, o ódio foi perdendo seu gume. Em parte, a mudança talvez se devesse à convivência forçada. Afinal, mesmo vindo a assimilar alguns rudimentos do árabe ao longo da grande jornada, Dona Teresa não dominava outro idioma que não o português e, em todos os lugares por onde passavam, a única pessoa capaz de compreendê-la nessa língua parecia ser o próprio Suleiman.

Às vezes, durante os períodos em que estavam acampados, principalmente nos oásis, após as festas e banquetes oferecidos pelos tuaregues, o bandoleiro se afastava da agitação, da música e da dança ao redor das fogueiras e se punha a desenhar estranhas figuras na areia, erguendo os olhos apenas para fitar as estrelas e a grande faixa prateada da Via Láctea. Em momentos assim, Ester talvez tivesse reconhecido o marido morto, o judeu Salomão Gross, famoso em certos círculos como um grande erudito, um cabalista de poderosas intuições e astrólogo capaz.

Nessas horas, sob o céu estrelado do deserto, Teresa se aproximava dele, e os dois conversavam. Conversavam como dois portugueses longe da terra, conversavam sobre Lisboa, sobre o Porto, sobre os diferentes vinhos e a administração das colônias. Nessas horas, de captor e prisioneira eles quase se transmutavam em companheiros de exílio.

Durante o último mês de viagem, no entanto, eles não se aproximaram de nenhum oásis. Por mais de vinte dias, tudo que existia para se ver era o céu azul e a areia branca, e o grupo só se alimentava das provisões compradas anteriormente. Para transportar água e comida, Suleiman havia adquirido um quarto camelo, um animal de pelo marrom e muito mau aspecto; menos que uma sombra da imponente montaria dourada que o bandido cavalgava.

Certa noite, quando o grupo estava acampado ao pé de

um obelisco negro — uma coluna de rocha escura que irrompia através das areias como a quilha de um navio encalhado há muito, ou a torre de um castelo engolido pelo deserto — Ibn Batil foi falar com Teresa.

— Estamos chegando — ele disse. — Achei que você deveria saber.

Ela sentiu um arrepio na espinha. Como quem acorda de um sonho, a jovem se lembrou das palavras de Suleiman a Rouen, no dia em que fora capturada. Agora, Teresa supunha, a viagem teria fim. E ela, que já havia vivido como uma dama nas cortes de Lisboa, e que quase se acostumara à vida de nômade do Saara, seria transformada em pouco mais que um presente exótico, um pedaço de carne europeia a ser oferecido em holocausto a algum xeque ou sultão.

— E posso saber para que animal pagão você pretende me vender?

— Garanto que, se eu fosse vendê-la para algum "animal pagão", sua vida seria muito melhor do que nas mãos do "animal cristão" para quem Manuel a havia prometido — disse o bandoleiro, com um sorriso cínico. — Isto é, se você não acabasse com o pobre antes.

— Como ousa...?

— Ouvi dizer que Dom Manuel perdeu você em uma mesa de dados...

— Mentiroso!

— Ora, Manuel era um canalha e um suíno. Mas você sabia disso, não é?

Teresa estreitou os olhos. Por um longo instante, nenhum som se fez ouvir sobre as areias, à sombra ameaçadora do obelisco.

E então, sem o menor aviso, a mão espalmada da mulher atingiu, com toda a força que era capaz de reunir, a face esquerda de Ibn Batil. O barulho da bofetada fez Haroun se mexer em seu posto de guarda, lançando um breve olhar, cheio de enfado, em direção à fogueira, onde os dois europeus discutiam. Já o rosto de Suleiman não se moveu um único milímetro. Ele sequer piscou, nem mesmo quando o fio de sangue começou a escorrer pelo canto do lábio.

— Está mais calma?

— Sim — ela disse, imitando a firmeza da voz do bandido.

— Ótimo. Agora, por favor, escute. Sua vida pode depender disso.

— Minha vida?

— Exatamente. Ouça com atenção... Você já percebeu que Haroun tem metade do rosto feita de bronze, não é? Da mesma forma, todos os dez homens que me ajudaram a cercar seu acampamento... Todos eles tinham um braço, uma perna, alguma parte do corpo feita de metal. Alguns tinham facas e espadas no lugar dos braços; outros tinham pernas que pareciam colunas gregas. Outros, ainda, tinham deformações semelhantes no peito ou no abdome. Bem, saiba que nenhum deles recebeu suas partes de metal por acidente, como os marinheiros que colocam ganchos no lugar de uma mão perdida em combate, ou do nobre que usa um olho de vidro.

"Eles, e muitos outros, foram capturados e torturados por algum poder que não é deste mundo. O bronze é, apenas, a *cicatriz* de uma tortura infligida por feitiçaria, pela magia negra praticada em uma cidade de torres vermelhas como sangue, uma fortaleza oculta em um oásis não muito longe daqui.

"Você não tinha como saber disso, mas esta coluna negra sob a qual estamos acampados é um sinal de que entramos no Mar de Dunas... um trecho do Saara que já engoliu exércitos inteiros sem deixar vestígio. Este obelisco é apenas um dos componentes de um círculo de torres de pedra que demarca todo o perímetro do Mar. O povo que ergueu esse círculo negro desapareceu muito antes que os primeiros tuaregues surgissem, e há milênios não caminha sobre a Terra um homem capaz de decifrar a escrita dessas colunas. Mas as lendas sobre os desaparecimentos, as torturas e as torres de sangue tornam o provável significado dos sinais muito claro.

"*Ninguém*, exceto os mais degenerados dentre os traficantes de escravos, vem ao Mar de Dunas em sã consciência. Até o mais corajoso dos guerreiros treme ao imaginar o tipo de profanação que ocorre dentro da cidade de torres vermelhas; profanação que os povos do deserto só ousam mencionar aos sussurros, e com o sol ainda alto.

"Os árabes dizem que, antes de criar o homem, Alá deu o mundo a um grupo de sultões inumanos, muito mais sábios que qualquer pessoa de nossa espécie jamais poderia pensar em ser. Mas esses 'sultões que precederam a Adão' de que fala o mito teriam utilizado a sabedoria para criar pecados e iniquidades tais que clamavam aos Céus por vingança. Enojado, o Criador decidiu banir os sultões de sua presença. Para onde? Segundo alguns contadores de histórias, para a cidade das Torres de Sangue.

"Mas, voltando aos fatos: pelo que se sabe, além de comprar escravos dos mercadores mais inescrupulosos, os sultões da cidade enviam emissários ao mundo exterior, de tempos em tempos, para capturar homens, mulheres e crianças. Haroun e os outros que me ajudaram são algumas dessas vítimas. Eles, os Dez Homens de Bronze, foram os únicos a conseguir escapar daquele local, em toda a história conhecida. E o conhecimento que trouxeram pode ser a chave para a queda do terror deste Mar de Dunas.

"Durante eras, a cidade foi o maior tabu do Norte da África. Nenhum europeu jamais ouviu falar nela. Nenhum europeu jamais viu os obeliscos negros. As Torres de Sangue e o Mar de Dunas são demônios muito grandes e poderosos, poderosos demais para que os povos da África se deem ao luxo de discutir o assunto com estranhos.

"Mas, após a fuga dos Dez, um xamã do Sudão trouxe, de um de seus transes induzidos por folhas e raízes, uma esperança: ele disse que 'um homem sem irmãos, sem nação, sem povo ou raça' poderia penetrar na cidade, e causar sua queda. Por razões óbvias, os que me conheciam logo se lembraram de mim. Eu já vivia no deserto há tempos e, através de certos serviços prestados, tinha conquistado a amizade e confiança de muitos reis e chefes. Essa confiança fez com que eu me tornasse o primeiro homem de nascimento europeu a ouvir as histórias sobre a cidade das Torres de Sangue.

"Então, consultado pelos maiores poderes desta parte do

mundo, por tronos e nações mais antigos que qualquer dinastia da Europa, estipulei meu preço. Pedi ajuda e informação para concretizar minha vingança — e aceitei a incumbência.

"Minha dívida para com Haroun, para com os piratas argelinos que afundaram o navio em que você viajava, para com as tribos de negros que forçaram Rouen a vir para o deserto, o débito que contraí para concretizar minha vingança, Teresa, exige que eu *destrua* a cidade, ou morra tentando. Não é um preço muito alto: com a morte de Manuel e a libertação de Ester, não tenho mais motivos egoístas para viver.

"Agora que a África cumpriu sua parte para comigo, devo cumprir minha parte para com a África. Tenho um plano, claro, baseado no que me disseram Os Dez Homens de Bronze e no que o xamã viu em seu delírio. Mas, para entrar na cidade sem ser molestado, preciso me passar por um vendedor de escravos. Os sultões das Torres de Sangue provavelmente nunca viram uma mulher branca, europeia, e é por isso que estou levando você. Como eles nunca me viram também, é natural que desconfiem. Mas, com você, espero atiçar-lhes a curiosidade a ponto de fazê-los esquecer um pouco a cautela. E, uma vez lá dentro, de acordo com o esboço de plano que elaborei, vou precisar de sua ajuda."

— Você está louco! Louco de acreditar nessa superstição

de mouros ignorantes, louco de esperar minha ajuda, louco de me contar tudo isso... Se realmente existir essa "cidade com torres de sangue", sabe o que vou fazer? Vou denunciar você como a fraude que é, assim que chegarmos lá!

– Concordo que você poderia fazer isso. Seria uma forma de vingar Manuel, se é que ele vale tudo isso para você. Felizmente, é muito improvável que alguém lá dentro saiba falar português, árabe ou qualquer outro idioma além do tashmeq, que é a mais antiga das línguas nativas desta parte do mundo. Claro, eles são magos e talvez possam ler pensamentos ou coisas assim. Estou, de fato, me colocando em suas mãos; mas, como já disse, agora que Manuel está morto e Ester, a salvo, minha parte nesta Terra está acabada. Sou Ibn Batil, lembra? "Sem família, pátria ou religião". Não tenho nada a perder.

"Mas, além disso, eu gostaria que você pensasse em seu próprio interesse: se eu obtiver sucesso nesta missão, você tem minha palavra de que será enviada a Portugal, Goa ou qualquer outro destino de sua escolha. Se eu falhar, no entanto... Bem, tudo indica que aqueles feiticeiros *nunca* puseram as mãos em uma mulher branca. Só Alá sabe que tipo de curiosidade eles poderão ter, ou que instrumentos poderão usar, naquelas masmorras de cor rubra. Acredite, a

Inquisição Espanhola já é bastante terrível. E, se as lendas estiverem certas, as Torres de Sangue são muito mais antigas e perversas que os bispos loucos de Espanha."

Suleiman ficou então em silêncio, aguardando uma resposta.

— Certo. Pode contar comigo. — As palavras foram ditas com surpreendente firmeza. Nem mesmo o ouvido de Ibn Batil, treinado na fina teia de intriga e duplicidade da diplomacia árabe, pôde detectar qualquer sinal de hesitação. — Qual o nome da cidade para onde estamos indo? Ou ela se chama "Cidade das Torres de Sangue"?

— Os Dez chamam-na de Antares. O nome verdadeiro, dizem, é impronunciável.

— Quê? Mas esse é o nome de uma estrela!

— Exatamente.

— Mas por que dar o nome de uma estrela a um lugar desses?

— Você sabe *qual* estrela é Antares?

Teresa sabia.

— É a maior das estrelas do Escorpião — ela respondeu, em meio a um calafrio.

— Exatamente. Antes de discutirmos alguns outros detalhes, eu gostaria de lhe perguntar uma coisa: você sabe nadar?

* * *

Ao acordar, na manhã seguinte, a primeira coisa que Teresa fez foi pôr seu vestido de dama da Corte de Lisboa, como Ibn Batil lhe havia ordenado na noite anterior. Mesmo sujo, gasto, roto e empoeirado, o traje ajudaria a marcar a diferença entre o tipo português e a mulher árabe.

Suleiman também começou o dia mudando de trajes. Ele agora envergava uma longa túnica negra, coberta por um manto da mesma cor. O manto se fechava ao redor do pescoço com uma pesada corrente de prata, engastada com rubis. Sobre a cabeça, um capuz e turbante que só deixavam os olhos à mostra.

Na cintura, uma cimitarra grande e pesada, a maior que Teresa já vira até então.

— Esta é a roupa usada pelo tipo de mercador que negocia com Antares — ele disse, ao perceber que Teresa o observava. — Poucas pessoas já viram um desses vendedores de escravos e permaneceram livres, ou vivas, por tempo suficiente para falar a respeito. Mas eu tive o raro prazer de degolar um. Sobre a espada, o fato é que não gosto desta arma em especial; cimitarras são boas durante uma carga de cavalaria, mas para combater a pé são muito desajeitadas. De qualquer forma, essa é a tradição.

"Haroun ficará aqui, com o Dourado e nossas provisões. Eu seguirei em um dos outros animais e você irá acorrentada à sela. Sinto muito, mas precisamos de autenticidade".

— Compreendo — ela respondeu, seca.

— Ótimo! Agora, pegue isto!

Com um movimento rápido demais para o olho acompanhar, Ibn Batil retirou algo de dentro da manga da túnica e arremessou o objeto na direção de Teresa. A velocidade foi tanta que ela só conseguiu pegar a coisa — uma pequena bolsa de couro cru — por puro reflexo.

— Os Dez criaram as pequenas ferramentas que estão aí dentro durante o cativeiro — explicou Ibn Batil, antes que qualquer pergunta fosse feita. — Muitos tiveram que utilizar lascas de metal incandescente arrancadas de seus próprios corpos. De qualquer forma, esses pinos devem funcionar em quase qualquer tipo de fechadura, desde que usados por mãos hábeis.

— Não entendo... — ela disse. — "Mãos hábeis"... Mãos de quem?

— Vamos, pare com isso! Achei que você tinha concordado em me ajudar.

— Parar? O quê? Ajudar como?

Suleiman respirou fundo, tentando conter a exasperação: — Vamos lá, mulher! Foi divertido brincar com você durante esse tempo todo, mas há um limite para tudo!

— Não compreendo…

— Existe um velho ditado chinês que diz: "Conheça seus inimigos tão bem quanto a você mesmo". Sempre gostei de ditados chineses.

— E daí?

— Daí que Dom Manuel é o único filho! — ele riu. — Irmã bastarda? Ah! O velho pai, que sua alma imprestável queime na Geena, era mais estéril que este obelisco negro! Por outro lado, no Brasil, alguns anos depois de fugir de Salvador, ouvi falar que um certo coletor de impostos de Minas Gerais tinha uma jovem amante chamada Teresa… uma amante que o abandonou na calada da noite, deixando atrás de si um cofre arrombado e vazio.

"Que cara é essa, mulher? Pare com a encenação. Ah! Quando ouvi que Dom Manuel havia perdido a 'irmã recém-descoberta' no jogo, e que a perdera para um alto funcionário de Goa... e que essa 'irmã' se chamava Teresa, e que correspondia à descrição da ex-amante de um certo coletor de taxas das províncias ultramarinas... logo imaginei todo o golpe. Manuel era muito hábil com dados viciados, por falar nisso. Aposto que o canalha perdeu de propósito, pretendendo usar você para fazer uma limpeza nos cofres da colônia..."

De repente, Teresa começou a gargalhar. Ela ria com tanta vontade e desprendimento que lágrimas escorriam de seus olhos.

— Aquele imbecil estava me chantageando! — ela falou, no intervalo entre dois acessos de riso. — Me chantageando para que eu o ajudasse a "recolher taxas" em Goa!

— E você me bateu porque eu o chamei de suíno. — Ibn Batil parecia magoado. — Imaginei que você gostasse dele, que fossem cúmplices, ou mesmo amantes... mas chantagem? Que lealdade é essa?

— Eu tinha de sustentar meu papel! Não sabia se você pretendia... me vender a algum xeque ou sultão... E, nesse caso, supus que quanto mais "nobre" fosse meu nascimento, melhor eu seria tratada... Faz sentido, não faz?

— Faz. Mas o fato é que não preciso de uma moça da Corte; el-rei pode ficar com todas. Preciso é de uma ladra talentosa e de sangue frio, capaz de abrir fechaduras diferentes de tudo que há no resto do mundo. Posso contar com você, ou devo usá-la apenas como isca, e levar Haroun para o serviço?

— Pode contar comigo, claro!

— Então, fique calma e lembre-se do que planejamos ontem, quando você ainda era uma "moça da Corte". O que eu disse para *aquela* Teresa também vale para *esta*. De resto, mesmo que tudo dê errado, é improvável que os feiticeiros toquem em você logo no primeiro dia. Neste saco que lhe entreguei há alguns pedaços de metal afiado. Se por acaso...

— Já sei. — E Teresa completou a frase com um gesto silencioso, traçando uma linha com a unha do dedo indicador direito sobre o pulso esquerdo.

* * *

Teresa já havia visto muitos oásis nos meses em que estivera pelo deserto, mas a imagem sempre conseguia deixá-la sem palavras. As árvores, erguendo-se em meio à areia; a sombra, como uma fortaleza sitiada pelo sol; as moitas e arbustos que, com suas folhas brilhantes, pontiagudas e rijas, mais pareciam fogueiras de chama esmeralda. Tudo conspirava para enchê-la de espanto e incredulidade. Por mais sólido e real que fosse, o oásis, *qualquer* oásis, jamais deixaria de lhe parecer terrivelmente inverossímil.

Para ela, ver um oásis sempre havia sido como olhar nos olhos de um anjo.

Mas não *aquele* oásis, oh, não. *Aquele* oásis mais parecia a mão aberta de um demônio. As rochas, pontiagudas, eram unhas negras. As árvores escuras, altas, tensas e de raízes retorcidas, evocavam os dedos, músculos e tendões de uma garra em convulsão. Folhas e liquens, crescendo em pequenos aglomerados irregulares, lembravam tufos de um pelo cinza esverdeado.

Uma garra, sim, aberta e estendida, em uma triste paródia de cordialidade. Um aviso, Teresa concluiu, sentindo uma contração involuntária do peito e da garanta. *Um punho que pode se fechar a qualquer momento*, ela pensou.

E aos poucos, conforme o trote do camelo a arrastava em direção ao centro desse oásis sombrio, a portuguesa vislumbrou, pela primeira vez, o contorno irregular, quase hexagonal, das muralhas de Antares, a cidade das Torres de Sangue.

* * *

Pelo caminho, Teresa pôde ver quatro torres, unidas pela muralha — três delas alinhadas e as outras duas, uma em cada extremidade, ligadas ao corpo principal por trechos de muro em ângulo obtuso. Com a aproximação do meio-dia, todo o conjunto passou a refulgir, refletindo luz e calor com uma intensidade inacreditável — era como se uma nova alvorada tivesse lugar no centro daquele oásis. Toda fortaleza parecia feita de pura chama; olhar diretamente para as torres e muralhas era como olhar para o próprio sol.

— O que é isso? — perguntou a mulher, assustada, protegendo os olhos com uma das mãos.

— Metal vermelho — respondeu Ibn Batil. — Um tipo especial de bronze, parece. Os Dez já me haviam avisado: todos os edifícios da cidade foram revestidos com isso. Menos um. Olhe para o lado sul!

Teresa obedeceu, e viu que a torre que marcava o extremo sul da construção ainda era pura pedra nua; pura rocha cor de areia, como as pirâmides do Egito.

Mas os dois europeus não caminhavam para lá; Ibn Batil conduzia seu camelo na direção da fornalha vermelho-dourada que era a torre norte. Teresa protestou:

— O que você está fazendo? Vamos ficar cegos!

— Quieta, mulher!

O camelo continuou a passo firme, arrastando

a portuguesa acorrentada atrás de si. Conforme caminhava, Teresa sentiu o calor das muralhas envolvê-la como o abraço, forte e ardente, de um amante infernal. Um vento, abrasador como o hálito de um dragão, passou a açoitá-la, escaldando-lhe a pele e dificultando a caminhada. Cada passo encontrava mais resistência que o anterior, em meio àquele turbilhão de chamas; manter os olhos abertos, ou mesmo respirar, tornou-se impossível. O suor evaporava imediatamente após deixar os poros. Em menos de um instante, a mulher passou a temer que seus cabelos, e os pelos loiros de seus braços, entrassem em combustão.

E, de repente, não havia mais calor.

Não houve qualquer transição; ela apenas sentiu um arrepio no corpo, um frescor nos lábios e pálpebras, e então abriu os olhos.

Ibn Batil, em seu disfarce de mercador de escravos, havia apeado do camelo. Ela, ele e o animal estavam à sombra — sob uma espécie de arco ou pontilhão. Havia ainda uma estátua ali, uma figura do tamanho de dois homens altos sobrepostos e feita de algum tipo de metal rubro.

A imagem tinha torso e braços de homem, cabeça de lobo (boca aberta, presas à mostra, olhar cruel), e pernas musculosas, que reproduziam a forma das coxas e patas traseiras de um touro. Uma peça ameaçadora e imponente.

"Lupinotauro", Teresa pensou, sem examinar exatamente de onde lhe viera a palavra.

Ibn Batil parecia estar falando alguma coisa para a estátua. Teresa não conseguia entender as palavras. Devia ser aquela língua antiga que o bandoleiro havia mencionado… "tashmeq". O fato do discurso de Ibn Batil soar totalmente incompreensível frustrou a mulher. Teresa esperava ouvir algo semelhante ao árabe, e talvez até distinguir algumas palavras.

O que ela não esperava, no entanto, era que a estátua se movesse — dando dois passos na direção de Suleiman, passos que fizeram tremer tanto o piso quanto o próprio ar — e, muito menos, que a coisa *respondesse* às palavras do homem.

Quase que paralisada pela combinação de medo e surpresa, a mulher passou os momentos seguintes lutando contra o pânico, combatendo o sopro gelado que ameaçava deitar raízes em seu sangue; lutando para permanecer consciente.

Alheios a isso, homem e monstro prosseguiam em sua delicada negociação:

— Quem é você? — perguntava o lupinotauro, usando

o antigo idioma tashmeq. — Você usa as joias da Casa de Tahan em sua capa, mas não é Tahan.

— Sou Yussef Ibn Tahan — respondeu Ibn Batil, fazendo uma mesura. — Meu pai foi morto por bandoleiros, e eu assumi seu humilde ofício.

A criatura curvou as costas e esticou o pescoço (movimentos que produziram um tênue ranger de metal), aproximando a ponta do focinho de lobo do rosto de Ibn Batil.

— Eu não sabia que Tahan tinha família.

— Traficantes de escravos também são homens — respondeu Suleiman, impassível. — E eu trago uma presa rara: uma mulher de pele branca e sangue europeu. Uma novidade para os mestres das Torres de Sangue.

O lupinotauro olhou para Teresa; depois voltou a encarar Ibn Batil e disse:

— A pele não é tão branca assim. O sol do deserto parece ter cuidado disso. Quanto ao "sangue europeu", temos muito disso por aqui, ainda que mesclado a outras fontes; as legiões romanas e o Império de Alexandre deixaram sua marca no norte da África de outras formas, que não apenas através da espada. Mas...

que seja. O Comprador irá encontrá-lo no terraço de Malkhuth... Yussef Ibn Tahan.

— Obrigado, grande senhor!

Desatando a corrente que prendia Teresa à sela do camelo, Suleiman arrastou a mulher até um nicho à esquerda do monstro metálico, ainda dentro do grande arco de sombra onde se dera a conversação. Ao se aproximar, a portuguesa notou que um lance de escadas se estendia a partir daquele ponto, desaparecendo na escuridão de um corredor úmido e estreito.

— Vamos, sua rameira! Mexa-se! — gritou Ibn Batil, em árabe, mantendo-se fiel ao seu disfarce de vendedor de mulheres. — Ande!

* * *

Teresa teve medo de sair para o terraço. Ela temia que as chamas vermelhas e douradas do metal incandescente voltassem a envolvê-la assim que retornasse à luz do sol.

Nada disso aconteceu, no entanto. O estranho metal ainda brilhava, mas sua luz era fraca, e de um vermelho escuro, como vinho tinto à luz de velas. Sentindo-se mais segura, a mulher passou a usar o ponto elevado — a uma altura de mais de dez homens acima da superfície do deserto — para estudar o desenho geral da Cidade das Torres de Sangue.

O lugar era composto por dez torres, sendo que oito faziam parte da muralha externa e outras duas se erguiam, alinhadas com os vértices do hexágono, ao longo do eixo central do lugar. Teresa logo se localizou: ela estava na torre do vértice norte da muralha.

Todas as torres, com exceção daquela que marcava o vértice sul, haviam sido revestidas pelo estranho metal cor de sangue. Os espigões se comunicavam através de pontes ou passarelas estreitas, um verdadeiro labirinto aéreo de rocha e metal. Nenhuma das passarelas estava ao nível do solo; as mais baixas encontravam-se a pelo menos cinco homens de altura, e muitas uniam um terraço ao outro. Várias torres davam origem a uma ou mais passarelas, em diferentes ângulos e níveis. No fundo da mente, Teresa começou a intuir um padrão naquele complexo jogo de arcos suspensos — mas nada que sua mente consciente pudesse verbalizar.

— Há vinte e duas pontes, se você quer saber — murmurou Ibn Batil, em português. — Você nunca ouviu falar na Árvore da Vida, suponho.

— Não.

— É uma velha tradição judaica: um diagrama que mostra as Dez Etapas da Criação, etapas que se sucedem através de vinte e dois Caminhos, unindo Deus ao Mundo. Que tal?

— Nunca ouvi isso na Igreja.

— Nós censuramos algumas partes do Velho Testamento, antes de passá-lo para vocês — Suleiman sorriu um sorriso cínico. Teresa não pôde ver a expressão exata, pois a boca do bandoleiro estava coberta, mas pelo brilho feroz dos olhos ela conseguiu deduzir o resto. — Agora, lembra-se de que lhe perguntei se você sabia nadar? Olhe para baixo.

Teresa olhou. Ela viu uma superfície negra, uma sombra que parecia cobrir todo o solo entre as torres, toda a área interna à muralha. Mas essa superfície não era apenas negra; ela brilhava. Por um instante, a mulher imaginou se os Sultões da Cidade não teriam pavimentado o deserto com ônix. Mas então ela ouviu um som como o de pequenas ondas quebrando suavemente na praia, e percebeu que em alguns pontos o brilho daquele "ônix" se partia em movimentos ondulantes.

— A muralha — Ibn Batil disse — marca os limites do lago. Toda a cidade foi erguida *sobre* ele. E este não é um lago comum; é Daath. Você já deve ter ouvido um padre dizer que, no início, "o Espírito de Deus pairou sobre as águas". Bem, se isso aconteceu, foi sobre *estas* águas.

A mulher engoliu em seco: — Você pode me *explicar* isso direito?

— Não sei. Esse tipo de conhecimento geralmente é vedado às mulheres. Às judias, quero dizer. Para as cristãs, então, ele deve estar além... espere!

Eles haviam sido deixados a sós, trocando murmúrios e sussurros em português, por vários minutos. Agora, no entanto, uma figura se aproximava pela passarela que ligava a torre de Malkhuth, onde estavam, ao terraço do edifício imediatamente à frente — e que, Suleiman estava certo, chamava-se Yesod.

Exatamente como na Cabala. Aquilo estivera a intrigá-lo desde que os Dez Homens de Bronze lhe haviam feito uma descrição da cidade, meses atrás. Toda a estrutura parecia reproduzir a Árvore da Vida, quase como se o ícone cabalístico tivesse sido servido de diagrama para a fortaleza. Ao analisar este fato à luz de seu passado como erudito (e, mais ainda, ao refletir sobre a estranha sucessão de eventos que, ao longo dos anos, convertera o estudioso Salomão Gross no mercenário Suleiman Ibn Batil) o homem mal podia conter o calafrio: era como se o Destino estivesse a tecer uma teia ao seu redor — uma teia onde ele não poderia identificar corretamente seu papel, se predador ou presa, antes que fosse tarde demais.

A figura que vinha pela ponte para Yesod quase se parecia com um ser humano. Seus trajes eram como uma lembrança de eras passadas, um conjunto verde, vermelho e marrom de robe, calcas, botas e barrete que, somado ao estilo peculiar da barba e do cabelo, parecia ter saltado de um dos baixos-relevos da Babilônia. O fato, no entanto, é que o Comprador não possuía olhos, dentes ou unhas no sentido estrito do termo. Cada um desses apêndices havia sido substituído por réplicas aparentemente feitas de bronze.

O sorriso, de dentes dourados e perfeitamente esculpidos, era perturbador; e os olhos se adaptavam tão bem ao crânio pareciam ter sido fundidos diretamente dentro das órbitas.

Ao chegar ao terraço de Malkhuth, o Comprador fez uma saudação formal, na língua tashmeq. Ibn Batil correspondeu prontamente, e ambos se puseram a negociar.

A conversa durou quase um quarto de hora. Durante esse tempo, Teresa sentiu-se alheia e perdida — no alto de uma torre revestida por um material incompreensível, sobre um lago de águas negras incrustado como uma opala em pleno deserto, enquanto dois homens debatiam seu destino em um idioma que, pelo que ela sabia, podia ser mais antigo que a própria Europa.

Finalmente, os dois pareceram chegar a um acordo. O Comprador expôs um colar que, até então, estivera oculto sob o robe. Era uma longa corrente prateada, coberta por inúmeras joias em pingente: diamantes do tamanho de azeitonas, rubis grandes como amoras, safiras com as proporções do punho de um recém-nascido. Aquele colar devia pesar muito, Pensou Teresa. Talvez o estranho também tivesse ossos e músculos de metal.

O Comprador destacou um dos rubis do colar, e colocou a pedra na mão espalmada de Ibn Batil. Os homens trocaram reverências e então o Comprador retornou a Yesod.

— E agora? — perguntou a mulher.

— Agora, eu deveria levá-la à torre que fica à nossa direita, chamada Netzach. Em português, o nome seria algo como “A paciência de Deus”. Vamos?

Eles começaram a cruzar a passarela que conduzia a Netzach. Não havia corrimão ou parapeito, e por mais que o caminho fosse largo — provavelmente para dar passagem livre aos lupinotauros e outras criaturas semelhantes — Teresa não conseguia evitar a sensação de vertigem. Sensação que um certo pressentimento só fazia crescer...

Dois passos antes de chegarem a Netzach, Ibn Batil deu razão aos temores da mulher:

— Que bom que você sabe nadar... — ele sussurrou.

— *Daqui*? É muito alto! Vamos morrer... nos afogar... o impacto... vamos... — ela sentiu os olhos arregalados e a garganta seca.

Sem oferecer qualquer resposta, Suleiman Ibn Batil agarrou Teresa pela cintura e saltou, arrastando-a consigo na queda rumo ao grande lago de Daath.

* * *

Não houve impacto; isso foi o que mais assustou a ladra: nenhum impacto.

Por uma eternidade ela sentiu o próprio corpo caindo, caindo sempre, através do ar quente do deserto, do vento áspero, arenoso mesmo em meio ao oásis, mesmo sobre o lago.

No instante (na eternidade?) seguinte, ela estava *imersa* — cercada e suspensa em um vácuo, frio, viscoso... *Parecia* água; mas, de alguma forma, ela sabia que não era. Impossível respirar, claro; mas, ao abrir os olhos, Teresa percebeu, com grande surpresa, que o lago era escuro apenas da superfície para cima. Ali embaixo, tudo era claro como cristal. As próprias cores pareciam mais fortes, os contornos, melhor definidos.

Sob aquela estranha água, tudo parecia mais *real*.

Mas, ainda assim, era uma realidade onde não se podia respirar.

O primeiro instinto da mulher foi voltar à tona. Um puxão firme no tornozelo, no entanto, fez com que Teresa olhasse para baixo. Ali ela viu Suleiman — nadando com desembaraço, a despeito da grande cimitarra presa à cintura, e do colar de prata e joias. Não havia mais um véu cobrindo-lhe a boca; apenas o turbante. Ele fez um sinal para que ela o seguisse em um mergulho ainda mais profundo.

Os dois nadaram em direção ao sopé de um monte de rocha, provavelmente a seção submersa de uma ilhota. Ali encontraram uma passagem — uma abertura circular, com diâmetro grande o suficiente para admitir um corpo humano em posição horizontal. No entanto, a abertura estava bloqueada por uma grade… uma grade aparentemente feita do mesmo misterioso metal avermelhado que revestia as torres.

Teresa olhou para Ibn Batil. Ele parecia surpreso em encontrar a grade naquele lugar. Por um instante, o olhar de autoconfiança deixou o semblante do bandoleiro, dando lugar a um lampejo de medo e dúvida.

Nesse momento, o fôlego de Teresa chegou à exaustão.

A dor atingiu-a de forma aguda, bem no centro das costas. Ao mesmo tempo, pulmões e garganta dilataram-se sem nenhum controle, num esforço desesperado, quase espasmódico, para eliminar o ar viciado. Apenas através de um puro exercício de força de vontade ela manteve a boca e o nariz fechados, agindo contra todo o reflexo e instinto.

Teresa aguentou. A dor cresceu; a pressão, agora, parecia forçar a caixa torácica para fora do peito. *Através* do peito.

Nesse meio tempo, Suleiman havia desembainhado a espada e, com golpes sucessivos, se pusera a atacar o gradil. Uma vez separados de sua base, fragmentos do metal vermelho se dissolviam na "água", convertendo-se em manchas pálidas que desapareciam lentamente, diluindo-se.

O líquido ao redor já não parecia tão claro para Teresa; sombras começavam a ganhar terreno nos cantos de seus olhos, avançando de forma ameaçadora rumo ao centro do campo de visão. A dor se espalhava pelas costas, chegando à base da nuca. E algumas bolhas de ar já lhe escapavam pelo nariz, forçando um caminho de puro sofrimento através da traqueia contraída.

A grade não era feita do metal vermelho, como havia parecido a princípio, mas apenas revestida por ele. O núcleo do gradil havia sido forjado em aço. Bolhas de ar já escapavam pelos cantos da boca de Ibn Batil, enquanto ele forçava sua lâmina contra os filamentos que compunham a grade. Aço contra aço, o da espada *devia* ser mais forte, mais resistente...

E então a lâmina atravessou a grade, rasgando-a. O bandoleiro reembainhou a espada, desajeitadamente, e agarrou, com as duas mãos, as bordas da ferida aberta na tela de metal. Apoiando os pés na rocha ao redor, Ibn Batil lutou para alargar a brecha. Agora, suas costas ardiam tanto quanto as de Teresa.

A mulher estava praticamente cega, e lutava, em sua mente, para manter o pouco de visão clara que lhe havia restado. O turbilhão de sombras que invadira seus olhos havia estreitado o campo de visão até que restasse apenas um pequeno ponto de luz, um diminuto círculo luminoso que parecia atravessar uma infinidade de corredores escuros e cavernas cinzentas antes de alcançá-la. E ela sabia que, quando aquele último rastro de visão se fosse, a consciência teria partido — e a vida, também.

Um filete de sangue agora acompanhava o fluxo de bolhas que emergia de sua boca, escancarada como a de um cadáver. A perda de ar tornava o corpo pesado, arrastando-a mais e mais em direção ao fundo.

Trevas.

* * *

Teresa acordou com o corpo dobrado ao meio — ela estava deitada sobre o topo de algum tipo de pedra, a barriga apoiada no cume, pernas caindo por uma das ladeiras, tronco e cabeça, pela outra. Ela tentou se erguer, mas não havia muito espaço: rocha acima e abaixo. Aos poucos, a situação se tornou clara. Ela estava parada na curva ascendente de um túnel.

Não havia luz.

Às suas cotas, uma voz disse:

— Está mexendo as pernas! Já acordou? Ótimo!

Era a voz de Ibn Batil.

— Que lugar é este? — ela perguntou.

— Você se importaria de rastejar um pouco adiante? Ainda estou com água pela cintura…

Ela fez isso. A princípio, teve medo de cair de cabeça ladeira abaixo, mas a curvatura do túnel era suave o suficiente para que Teresa se arrastasse pelo declive sem despencar. Ela logo ouviu Suleiman se arrastando atrás.

— Que lugar é este? — a mulher voltou a perguntar.

— O túnel que existe logo depois da grade — ele disse. — Não que devesse haver alguma grade! Não havia nenhuma, quando os Dez usaram esta rota para fugir.

— Alguém melhorou a segurança — ela disse, e então teve um acesso de tosse. Cuspiu alguma coisa; pelo cheiro, talvez fosse sangue. — Era de se esperar!

— Você está bem?

— Estou viva. Isso tem de bastar, por enquanto.

— Concordo. Existe água aí desse lado?

Com algum esforço ela esticou os braços, tateando a escuridão à frente e abaixo.

— Sim. — Ela respondeu, com um leve tremor na voz.

— Hmmm... esta curva para cima deve ser apenas um bolsão de ar. Teremos que nadar ainda mais um pouco.

— O que aconteceu?

— Você desmaiou, acho. Então eu tive de agarrá-la, esticar seu corpo, enfiar você na passagem e empurrá-la à minha frente e túnel acima, batendo os pés o mais rápido que pude, até que achei ar. Você deu algumas cabeçadas no processo. Se estiver doendo, desculpe. Podemos prosseguir?

— Até onde?

— Uma caverna — ele disse. — Uma caverna *seca*. E cheia de ar.

— Espero que seja verdade — a mulher respondeu, enquanto respirava fundo.

Mas Teresa não precisou nadar muito: cerca de dois metros abaixo e à frente, suas mãos fizeram contato com algo que o tato traduziu como uma porta. Ela então rastejou de volta até o bolsão de ar.

— Uma porta! — a mulher gritou, em meio à escuridão, sem a certeza de que alguém ouviria.

— Eu esperava por isso — respondeu Ibn Batil. Ele não havia deixado o bolsão de ar. — Você precisa abri-la.

— Eu? Mas...

— Você é ou não é uma ladra? A mulher que violou os cofres de Minas Gerais?

— Você quer que eu abra uma porta *desconhecida, debaixo d'água e no escuro*!

— Foi assim que os Dez escaparam. E você está com

as ferramentas deles; use o tato! Vai me dizer que um ladrãozinho árabe qualquer é mais talentoso...

Ela não respondeu, apenas mergulhou. Ibn Batil ouviu a mulher voltar ao bolsão mais duas vezes, para recuperar o fôlego (era impossível fazer a volta no túnel; ela provavelmente rastejava para trás, até tirar a cabeça da água), e depois de alguns minutos escutou um forte borbulhar, seguido por um ruído como o de água escoando — e percebeu que a porta devia ter sido aberta, fazendo com que o líquido na segunda seção do túnel invadisse a caverna adjacente.

A corrente de ar trouxe consigo um tênue brilho esbranquiçado; havia luz!

Então Teresa gritou.

* * *

Ibn Batil se mexeu o mais rápido que pôde, rastejando pelas curvas do túnel estreito e perdendo o manto, o colar de prata, alguns farrapos da túnica e, mesmo, um pouco de carne e sangue no processo. Assim que conseguiu projetar o corpo para fora do corredor úmido e dentro da câmara adiante — uma caverna de formato oval, com paredes de uma substância rochosa, branca, luminosa e semitransparente, como gelo enfeitiçado — ele viu Teresa acuada, mão erguida à altura da boca, nariz escorrendo sangue, os tendões do pescoço visíveis sob a pele, contraída no esforço de produzir um grito que não saía.

A causa do terror dominava o centro da câmara: um pesadelo mecânico, um autômato do tamanho de um cavalo, mas com a forma aproximada de um escorpião. As oito pernas da criatura moviam-se de forma súbita e rítmica, como os ponteiros de um relógio. A cabeça girava, lentamente, um pouco à direita, um pouco à esquerda. Já a cauda mantinha-se erguida, tensa como uma serpente, o ácido avermelhado a pingar da ponta do ferrão.

O monstro estava de costas para Suleiman, e parecia ainda não ter notado a chegada de uma segunda vítima. Atacando com rapidez e com o máximo de silêncio possível, o guerreiro atingiu a cauda do monstro com a cimitarra, amputando o ferrão. A criatura era feita daquele estranho metal vermelho que revestia as torres — uma substância dotada de várias propriedades notáveis, mas bem menos resistente que o aço.

O ácido jorrou por um instante, atingindo o dorso da mão de Ibn Batil. Assustado, o bandoleiro deixou cair a espada, que atingiu o chão cristalino com grande clangor. No momento seguinte, a criatura já havia se voltado, em um salto, e se preparava para investir contra o guerreiro desarmado.

Suleiman fez as contas mentalmente: ele tinha dois braços e duas pernas, contra oito patas, duas pinças e um par de mandíbulas. Aquele metal vermelho podia não ser páreo para o aço da Síria, mas contra carne humana a história seria outra.

O terror ergueu meio corpo. Com suas quatro patas dianteiras e as grandes tenazes apontando diretamente em frente, o escorpião correu na direção do guerreiro. Ibn Batil conseguiu deter a trajetória letal das pinças, que desciam sobre sua cabeça como machados no cadafalso, aparando uma em cada mão; mas o monstro conseguiu encostar seu torso ao da vítima.

As quatro patas dianteiras cravaram-se nos flancos do bandoleiro. Ao mesmo tempo em que lutava para manter as pinças imobilizadas e as mandíbulas da criatura à distância de sua garganta, Ibn Batil sentia a carne ser arrancada das costelas.

O impasse e o sofrimento duraram poucos segundos, mas para o guerreiro foi como se transcorressem horas; a pressão das pinças crescia de forma constante, e Suleiman concluiu que seria uma questão de tempo — pouco tempo — até que o peso esmagasse seus ombros e cotovelos, reduzindo os ossos a pó.

Ibn Batil ouviu um estalo seco, e imaginou que as juntas estivessem cedendo, afinal. No entanto, não houve dor; e a pressão das pinças primeiro arrefeceu, para depois aumentar — no entanto, de uma forma diferente: agora, era como se o guerreiro sustentasse todo o peso do autômato, mas nada mais que um *peso morto*, em seus braços erguidos.

O bandoleiro soltou as pinças, e a criatura desmoronou, imóvel, sobre o piso de caverna, uma cimitarra enfiada até o cabo na emenda de couraça entre as costas e a nuca. Olhando ao redor, Suleiman viu Teresa, o rosto abaixo do nariz todo sujo de sangue coagulado, cenho franzido, olhar duro.

Não obstante, ela sorria.

* * *

A carcaça do escorpião começou a se dissolver na água que cobria o piso da caverna. Ofegante, dolorido, Ibn Batil recuperou a cimitarra quando não havia mais qualquer traço de metal vermelho sobre a lâmina.

A caverna tinha três portas: aquela por onde os dois invasores haviam penetrado; uma outra, diametralmente oposta à primeira; a última era um alçapão no teto. Todas eram douradas, esculpidas em um padrão desconhecido para a cultura europeia, e possuíam cavidades triangulares — fechaduras, como Teresa já havia descoberto.

— Estamos no que acredito ser uma espécie de antecâmara. Os Sultões provavelmente não gostam deste lugar, mas há Leis que nem eles podem burlar. O Estatuto da Encruzilhada é uma delas. A porta do outro lado é a saída — disse Ibn Batil. — Ela conduz até uma nascente de água fresca, no oásis. Foi por ali que os Dez escaparam. Mas o que nos interessa é o alçapão.

— Antecâmara para o quê? — Teresa perguntou. O que estamos fazendo aqui e...

— Os Dez não falaram em escorpião algum — disse Suleiman, de si para si. — Os sultões devem...

— Santo Deus, ESQUEÇA O ESCORPIÃO! O QUE ESTÁ ACONTECENDO? ONDE ESTAMOS?

— Eu já lhe disse, lembra? Esta é Antares, a cidade dos sultões que precederam a Adão, onde seres humanos...

— ... São torturados há milhares de anos. Sim, eu sei. Mas não é o suficiente. Não agora.

Ele pensou um pouco.

— Tudo bem. Nem eu mesmo sei o que este lugar *é*, exatamente, embora tenha minhas suspeitas. O que existe acima do alçapão deve ser suficiente para confirmá-las, ou não. Portanto...

— Tenho que abri-lo?

— Por favor.

— Não vou alcançar — ela protestou. — É muito alto.

— Suba aqui — ele disse, inclinando-se e apontando para os ombros.

— Você está todo cortado! Não é…

— *Suba aqui!*

Ela obedeceu.

* * *

O aposento seguinte oferecia poucas explicações, no entanto.

Não havia luz alguma, e a luminosidade que deveria se filtrar a partir da caverna abaixo simplesmente morria na boca do alçapão.

— Nós poderíamos usar algumas lascas de metal para fazer fogo — sugeriu Teresa, depois de descrever a situação a Ibn Batil. — Não seria difícil.

— E queimar o quê? Nossas roupas estão encharcadas…

Resignada, a mulher tomou impulso nos ombros do homem e saltou para dentro da abertura.

— Espere um pouco — ela gritou, enquanto tateava

na escuridão. — Isto aqui é... Sim! É uma escadaria. Posso sentir os primeiros degraus bem na minha frente.

— Então, me ajude a subir — ele pediu.

Teresa se deitou no chão e esticou um braço através do quadrado branco que marcava a passagem para a caverna. Ela então se firmou, usando os pés e a mão restante, de encontro a um dos degraus da escada.

Com um salto, Ibn Batil agarrou o braço estendido. A mulher abafou um gemido de dor — o bandoleiro era pesado — mas logo Suleiman tomou impulso para se dependurar em uma das bordas da abertura.

Instantes depois, eram dois imersos na escuridão.

— Que fazemos agora? — Teresa perguntou.

— Vamos subir, claro.

— Claro...

A escada se desenrolava em uma espiral aparentemente interminável. Os dois aventureiros decidiram fazer da transição entre degraus um ritual lento e cauteloso — na escuridão absoluta, era impossível saber se o próximo passo não conduziria diretamente ao abismo. Apesar dos protestos de Suleiman, Teresa fez questão de seguir na frente.

Eles caminharam por horas. Em pelo menos duas vezes

tiveram que parar para dar descanso aos músculos. Nessas pausas, Ibn Batil, usando pedaços de tecido, tratava suas feridas da melhor forma possível.

— Nós não estamos dentro de uma das torres da cidade? — perguntou Teresa, em uma das paradas.

— Sim. Tiphereth, imagino.

— Mas nenhuma delas é tão alta...

— Ah! Não pense que as torres, ou que esta cidade, se esgotam em seu aspecto físico. Assim como a Árvore da Vida é apenas um símbolo da Criação, Antares é apenas um símbolo da Árvore.

— Não compreendo...

— A Antares que vimos do oásis, e onde entramos, era apenas um símbolo, uma manifestação da verdadeira cidade, que é onde estamos agora. É como... — ele pensou um pouco, procurando uma analogia adequada. Por fim, disse: — é como uma nota de crédito. Ela não é feita de ouro, é?

— Não. É de papel.

— Mas simboliza o ouro. E, sob certas circunstâncias, pode ser usada como se fosse ouro. No nosso caso, ao mergulharmos em Daath nós trocamos a Antares terrestre, a Antares "de papel", pelo artigo genuíno.

Teresa ficou quieta por alguns momentos. Depois disse:

— Então, não estamos mais na Terra?

— Não.

— E que lugar é este?

— Lembra-se do calor das muralhas, quando estávamos do lado de fora?

— Lembro.

— Bem... calor extremo é outro dos símbolos deste lugar.

— Você não quer dizer...

— Shhh!

Teresa se calou. O silêncio que se seguiu pareceu absoluto por apenas alguns instantes; logo, um som — uma espécie de crepitar, uma sucessão de estalos — se fez ouvir nas escadas abaixo.

Distante, a princípio. Mas aproximando-se.

— Suba... — disse Ibn Batil, num sussurro. — Mais rápido... Corra!

O tempo de cautela havia terminado. Os dois aventureiros se lançaram, às cegas, escadaria acima. Eles tropeçaram e caíram várias vezes, e em um desses tropeções Suleiman esteve muito próximo de despencar pelo fosso no centro da espiral.

Cada queda, cada escorregão parecia trazer o som crepitante um pouco mais para perto. Teresa erguia os braços, na esperança de tocar em uma porta, um caminho de saída.

Nada.

Os estalos eram mecânicos e precisos, como o tiquetaquear de um relógio.

— Não adianta — disse Ibn Batil, por fim. — Desse jeito, vamos morrer.

— Então, o quê...

— Encoste na parede — ele sussurrou. — Encoste na parede e prenda a respiração!

O som continuava a crescer. Outras impressões logo se somaram ao ruído crepitante: um leve ranger metálico; o cheiro forte de ácido.

Ibn Batil tentou visualizar o escorpião em sua mente. O bandoleiro não imaginava como a criatura poderia ter se regenerado a partir do metal dissolvido na água, mas isso não importava.

Importante, apenas, era que o monstro não pudesse enxergar no escuro. Suleiman se viu rezando, implorando, em seu íntimo, para que assim fosse. O escorpião,ponderou o guerreiro, parecera bastante estúpido na primeira luta, só atacando de fato depois de ter o ferrão amputado. *Então, por favor...*

A fonte do som não estaria, agora, a mais de três degraus de distância. Ibn Batil sentiu Teresa tremendo, ao seu lado.

Calma, garota, ele pensou. *Muita calma, agora.*

O cheiro ácido empesteava as narinas. O tique-taque sobre os degraus repercutia nas solas dos pés do bandoleiro.

— Chute! — ele gritou, ao mesmo tempo em que usava a perna direita para empurrar o monstro para fora dos degraus, diretamente dentro do fosso.

Teresa obedeceu.

O escorpião ainda tentou reagir. Por um instante o cheiro de ácido foi tão forte que Ibn Batil achou que iria perder os sentidos; no momento seguinte, a rocha acima de sua orelha esquerda começou a esfarelar, como se atingida por um golpe esmagador.

Então houve um som como o de unhas raspando em pedra lisa, e em seguida o tiquetaquear desapareceu de vez — assim como o cheiro ácido.

— Acho que podemos prosseguir — disse o bandoleiro.

* * *

A escadaria acabou por levá-los a um novo alçapão, que Teresa, mesmo no escuro, abriu sem grandes dificuldades. O lugar onde estavam agora era uma cúpula, um hemisfério feito (ou revestido) de uma versão mais clara e mais resistente daquele metal vermelho e macio que parecia dar substância aos monstros de Antares. A cúpula emitia um brilho sombrio, quase dourado, semelhante ao que Teresa percebera na face externa (face "terrestre", ela se viu pensando) das torres. No centro do teto havia uma grade fina, dourada, como uma peneira de ouro. Do outro lado, estavam presos fragmentos de um material branco, sólido e, aparentemente, quebradiço. Osso, talvez.

O restante da abóbada estava coberto por entalhes em baixo-relevo, que se espalhavam pela superfície a partir de oito aberturas na parede circular. Sete dessas aberturas eram perfeitamente redondas, e sobre cada uma delas, dando origem a um ramo específico da complexa rede de desenhos entalhados, havia um símbolo, uma espécie de letra.

— *Aleph... Beth... Ghimel... Daleth...* — Ibn Batil recitava cada uma dessas palavras, e outras, ao olhar para os símbolos sobre as sete passagens circulares. Súbito, ele parou, encarando a oitava abertura, que não era redonda, mas pentagonal. Não havia símbolo algum sobre ela.

— O que foi? — perguntou a mulher. — O que está acontecendo? Você...

— *He*... é *Geburah*! — Ele gritou, exultante, e o som de sua voz reverberou dentro da cúpula como o badalo de um sino. O braço esticado e o dedo indicador, em riste, desenhavam uma linha reta no ar, apontando para a passagem pentagonal. — E este metal... claro! é feito com *neshamah*!

— O quê...

— Certo — Suleiman estava com a respiração ofegante. — Sei que lhe devo uma explicação decente.

— Estou esperando — ela respondeu, sem hesitar.

— A Árvore da Vida... já lhe falei sobre ela, não?

— Sim. Algo como os "dez estágios da criação". Ou "símbolos". Ou não sei mais o quê.

— Calma. Bem... na verdade, talvez a melhor forma de descrever a Árvore seja como uma espécie de aqueduto. Ela permite que o Poder Supremo flua de Kether... que de certa forma é Deus, mas também é o Vácuo, o Caos… e se espalhe e se transforme, recriando continuamente o universo. Kether é, portanto, o primeiro estágio da criação. O segundo é Binah, onde o Poder em estado bruto é refinado e se transforma em *neshamah*, ou a matéria de que são feitas as almas. Cada estágio é, tradicionalmente, representado por uma letra hebraica. Vê?

Apontando para os símbolos sobre as aberturas circulares, Ibn Batil recitou as letras sagradas: — *Aleph, Beth, Ghimel…*

— Você está dizendo que os governantes de Antares querem criar um outro universo? É isso?

— Não, exatamente o contrário! Veja, muito provavelmente estamos no núcleo da estrutura representada pela torre de Tiphereth, ou a Fornalha… o estágio onde o *neshamah* e os outros elementos são fundidos, dando origem à vida. Mas eu não acredito que este lugar seja uma fornalha, oh, não. Tanto o guardião da entrada quanto o escorpião eram feitos de *neshamah* puro; e o único ser humano que encontramos, o Comprador, teve partes de sua humanidade retiradas. Acho que este lugar é mais como um… destilador.

"É como um aqueduto, só que ao contrário. Percebe? Em vez de retirar o Poder e usá-lo para criar vida, esta árvore às avessas *consome* vida, e acumula Poder! *Desfiat lux*!"

— E o que eles querem como esse poder? tornar-se deuses?

— Os Sultões que precederam a Adão — disse Ibn Batil, pensativo. — Cuja vaidade levou o Todo-Poderoso a se arrepender, e a substituí-los pelo homem, que é uma criatura mais frágil, menos sábia... mais *segura*, com certeza.

"E os Sultões estão aqui há milhões de anos, extraindo uma pequena fagulha de divindade de cada vítima... Transformando carne humana em metal sem vida... acumulando luz solar, acumulando *neshamah* roubado... Quantas Antares será que existem? Haverá uma na Lua? Ou no Sol? Se Giordano Bruno estiver certo, o universo é infinito! O *neshamah* que vimos na cidade terrestre deve ser uma espécie de indicador de nível... Então, quando o metal vermelho cobrir a torre de Kether, isso vai significar..."

— Eles querem ser deuses? — a voz de Teresa, repetindo a pergunta de instantes atrás, era pouco mais que um fio de som. — É isso?

— Não, não. Adão e Eva queriam ser deuses. Foi graças a isso que a serpente os seduziu, lembra? Seres humanos aspiram à divindade. Os Primeiros Sultões eram muito mais ambiciosos. Eles querem *desfazer* o universo.

"Compreende? É como falei antes; Um aqueduto. Só que, em vez de fazer a água fluir da represa para os campos, este aqueduto funciona ao contrário... Fazendo as almas fluírem de volta, desmanchando o mundo e voltando para..."

– Onde?

– Para o Nada. O Vazio *antes* do despertar de Deus.

A mulher sentiu um violento tremor, quase uma convulsão. Ela não pensava muito em Deus, não nos últimos anos; mas sua família era portuguesa, e católica, e seguia os dogmas conhecidos. O Deus católico é Único e é Três, e é Onisciente e Invencível. Como uma cidade perdida em meio ao deserto poderia usurpar, até mesmo *ameaçar*, Seu poder? Mas, por outro lado, o homem não era livre para praticar o Mal? Talvez aqueles sultões estivessem apenas exercendo o mesmo tipo de liberdade... Mas em uma escala maior, inimaginada. Talvez, ela pensou, houvesse verdades dentro de verdades, desesperos alimentando-se de esperanças como uma serpente que devora a própria cauda; talvez a realidade fosse algum tipo de jogo de espelhos, uma infinidade deles, colocados frente a frente, faces vazias refletindo-se entre si.

De qualquer forma, ela *gostava* do universo. Diabos, ela *vivia* nele.

— Podemos impedir?

Inb Batil respirou fundo antes de responder. Sua voz vacilava:

— Talvez... Mas não sei se deveríamos.

— O *quê?*

— O fim ainda deverá levar vários milhões de anos para acontecer. E veja este lugar! Imagine quantas fortalezas eles devem ter... em quantos mundos... isto é...

— Suleiman...

— Não percebe? O *conhecimento* necessário... O conhecimento *reunido* aqui, desde antes do surgimento do Éden... Como eu poderia atrapalhar isso? Devotei toda a minha vida... Toda a vida que tive *antes*, toda a vida que *realmente* valeu a pena... a acumular sabedoria. E isto aqui é...

Ele estava exultante. Seus olhos brilhavam: — Se um dos Sultões aceitasse me ensinar...

— Sim. E você poderia pagar pelas lições dizendo a eles onde Haroun está.

— Haroun?

— Sim. Lembra-se dele? O fugitivo?

Uma sombra caiu sobre o olhar de Ibn Batil, varrendo todo o entusiasmo e deixando uma marca de fria determinação no lugar. O bandoleiro ficou pálido sob a pele bronzeada. Instintivamente, a mão estreitou o aperto sobre o cabo da cimitarra.

— Vamos — ele disse.

Suleiman fez então um sinal para que Teresa o seguisse pela abertura pentagonal, a única que não era marcada por uma letra hebraica.

— O pentágono é um signo de proteção — ele explicou. — Há algo do outro lado que os Sultões temem. O que indica que este deve ser o caminho para Geburah.

— Geburah?

— Satanás. Lilith. A Fonte do Mal. Ou, se você preferir... A Ira de Deus.

* * *

Antes que Ibn Batil conseguisse dar seu primeiro passo para dentro do túnel em forma de pentágono, uma voz ressoou dentro da câmara. Uma voz que falava no idioma que era todos os idiomas; uma voz que não usava o árabe ou o português, mas que mesmo Teresa foi capaz de compreender perfeitamente:

— É uma pena, Filho de Caim, Filho de Adão, Filho do Nada... é uma pena que você tenha escolhido este caminho. Nós poderíamos tê-lo instruído. Nós poderíamos tê-lo transformado. Mas agora...

— Quem está aí? — Teresa murmurou enquanto olhava ao redor, temerosa. — Quem...

— Gian... — disse Ibn Batil. — O Primeiro...

— Exatamente. — Enquanto a voz falava, a liga de *neshamah* que recobria as paredes da câmara começou a fluir, como mercúrio, e a acumular-se diante de Ibn Batil, formando um monte informe que bloqueava a passagem para Geburah. — Tenho inúmeros nomes em inúmeras tradições... Gian Ben Gian, ou Adão Kadmon, o Primeiro Sultão da Terra. A primeira criatura feita à imagem e semelhança de Deus, Seu primeiro e último erro. E a última criatura que vocês verão...

A massa de *neshamah* rapidamente ganhou forma: surgiu um tronco, a partir do qual expandiram-se quatro braços — dois, um à direita e um à esquerda, terminando em cimitarras; os outros, em ferrões que pingavam veneno, semelhantes à cauda do grande escorpião. A cabeça apareceu em seguida, e trazia a face de uma serpente; a língua bífida parecia afiada como a ponta de uma flecha. A parte inferior do corpo mimetizava um cavalo. E foi assim, como um centauro monstruoso, que Adão Kadmon surgiu diante dos olhos de Suleiman e Teresa.

Ibn Batil aparou o primeiro golpe, desferido com um dos braços-cimitarra, na lâmina de sua espada. A segunda arma vermelha desferiu um corte horizontal, que só não partiu Suleiman em dois porque o bandoleiro saltou para trás. Mas o afiado *neshamah* bebeu sangue, deixando um talho profundo no peito do guerreiro.

A esquiva fez com que Ibn Batil perdesse o equilíbrio, e ele teve que rolar no chão para escapar das duas caudas de escorpião, que se lançaram simultaneamente para a matança. Os ferrões se projetaram com tanta violência que, perdendo o ventre de Ibn Batil por uma fração de segundo, acabaram fincados no substrato de rocha, abaixo do piso de metal vermelho.

Aproveitando a distração momentânea de seu adversário, o guerreiro continuou rolando pelo chão, e usou a cimitarra para amputar uma das pernas do centauro, ferindo uma outra no mesmo fluxo de movimento. A criatura se desequilibrou por um instante, mas Ibn Batil viu que o *neshamah* das paredes continuava a correr em direção ao corpo do monstro — um sinal de que as feridas iriam se regenerar em breve.

Ao se erguer, Suleiman não estava mais diante da criatura, mas no flanco, quase às costas. Antes de se voltar para encarar o inimigo, o centauro projetou um de seus ferrões na direção da garganta do guerreiro, que desviou o golpe erguendo a espada. Ao baixá-la, Suleiman enterrou a lâmina na cintura do monstro, onde as costas humanas se encontravam com o dorso de cavalo.

Adão Kadmon gritou, e então lançou os dois ferrões para trás, esticando os tentáculos ao máximo. Ibn Batil agachou para escapar do que se projetava pelo lado esquerdo do monstro, e no instante seguinte saltou para evitar o golpe que vinha pela direita. E então a cimitarra zuniu, decepando a cabeça da criatura.

Kadmon não caiu, no entanto. Em vez disso, o corpo passou a galopar, enfurecido e às cegas, pela câmara — os cascos ressoando de forma enlouquecedora sobre o piso de *neshamah*. O barulho era agudo e penetrante; um pouco mais seria suficiente para convencer um homem a rasgar os próprios tímpanos, em busca de alívio.

Os ossos presos na grade dourada tremiam.

— Vamos! — Ibn Batil gritou para Teresa, assim que o monstro desobstruiu o caminho de Geburah. — É nossa chance!

* * *

O corredor em forma de pentágono era longo e escuro; ali, o brilho avermelhado da liga de *neshamah* só conseguia criar sombras escarlates. Mas era alto — alto o suficiente para que Teresa corresse ereta ao longo de todo o percurso, enquanto Suleiman só precisava se inclinar um pouco.

Eles mal haviam dado duas dezenas de passos quando um som gorgolejante os alcançou, vindo da câmara. Ibn Batil olhou para trás, e viu uma luz vermelha, intensa... sentiu o calor.

— Vamos rápido... — o bandoleiro disse, começando a correr. — Eles estão inundando os túneis.

— Inundando... ?

— Puro *neshamah* — ele falou. — Almas dissolvidas... Como metal fundido!

A substância era viscosa, e ganhava terreno muito devagar. O calor que emanava, no entanto, parecia sugar as forças dos aventureiros, entorpecendo-os, tentando-os com uma promessa muda de paz e repouso. Tal era o efeito do *neshamah* em estado bruto.

O túnel parecia não ter fim. Depois de algumas centenas de passos pelo corredor de rocha e metal, em forma de pentágono, Teresa e Ibn Batil se viram dentro de uma espécie de tubo, uma estrutura circular e flexível — um cilindro feito de algum tipo de couro ou tecido espesso, ou outro material que Ibn Batil preferia não imaginar. Era como uma passarela, suspensa entre o túnel pentagonal e um ponto desconhecido à frente. Correr, ou mesmo andar ali, era quase impossível. Cada passo se transformava em um salto desajeitado e, logo em seguida, em um tropeção. Partes da parede interna do corredor pulsavam como veias gigantescas.

O *neshamah* continuava a fluir. O peso e o calor da lava mística não pareciam afetar o cilindro. O tubo, apesar da aparência orgânica, não queimava. E o *neshamah* agora fluía fácil, como se aquele duto fosse seu ambiente natural.

— Segure-se — ordenou o bandoleiro, sacando a cimitarra e cortando uma brecha no teto do túnel.

Teresa se agarrou à borda de tecido rasgado com as duas mãos — ignorando os glóbulos de líquido amarelo que vazavam pela fissura —, enquanto Ibn Batil completava o corte com um movimento circular da espada.

* * *

O túnel caiu como uma ponte de corda que de repente se partisse ao meio. Um dos segmentos agora despejava *neshamah* no vazio; o outro, ao qual Teresa e Suleiman permaneciam agarrados, descreveu um grande arco através da escuridão e passou sobre uma superfície vermelha e irregular, parte plana e parte arredondada, como o topo de uma colina. Ali, Ibn Batil e Teresa saltaram.

Os dois aventureiros firmaram os pés sobre a colina e o cilindro, sem passageiros, continuou em sua curva, parando em definitivo apenas ao chocar-se, vários minutos depois, contra uma espécie de paredão rochoso, também de cor escarlate. Teresa seguiu esse movimento final com os olhos. Então, instintivamente, a mulher ergueu a cabeça, buscando identificar o ponto onde o túnel se prendia àquela parede distante.

O que viu a fez cair de joelhos, movendo os dedos de forma frenética, como quem procura as contas de um rosário que não está lá. Sua voz era pouco mais que um eco de lágrimas:

— Perdão oh Senhor perdão arrependo-me oh Senhor…

Ibn Batil primeiro se ajoelhou ao lado dela, colocou as mãos em torno de seus ombros e tentou erguê-la. Teresa, porém, parecia decidida a não se levantar. Ele disse:

— Vamos… o que foi? O quê…

Nesse momento, o bandoleiro também ergueu o olhar.

A primeira coisa que viu — ao longe, muito ao longe — foi o ponto onde se prendia a metade dependurada do túnel: uma espécie de brecha circular em uma grande coluna vermelha, larga como uma tropa de elefantes, perfeitamente visível mesmo àquela distância. Ao redor da brecha, mas abaixo da superfície da coluna, estranhas formas pulsavam, intumescidas.

E, apoiado sobre a coluna, havia algo...

Uma *cabeça*.

Uma cabeça que pendia, como se adormecida, mas com os grandes olhos amarelos abertos. Olhos que, mesmo à distância, pareciam do tamanho e do formato de orgulhosos galeões espanhóis. O nariz poderia abrigar um castelo em cada narina; a boca, sensual, seria capaz de beber o Mediterrâneo em dois rápidos goles.

Na testa, os chifres. Imensuráveis, altos e longos a perder de vista, anelados e retorcidos em curvas sem fim.

Algum tempo se passou. Horas, talvez dias. Suleiman apenas se deixou ficar ali em pé, a atenção totalmente absorvida pelos padrões que se desenhavam naqueles dois lagos de enxofre líquido. Teresa dormiu de joelhos.

Então a boca imensa se abriu, e uma voz trovejou:

— Libertem-me.

A última sílaba produziu um vendaval que quase arrancou Ibn Batil de sua posição precária sobre a colina.

Colina?

Um joelho dobrado, muito provavelmente.

— Quem...?

— Kadmon — respondeu o trovão. — YHWH permitiu que ele fosse astuto... Astuto demais. Kadmon foi condenado, como *eu* fui. Mas ele era astuto. Acabei capturado, preso... Com medo de meu poder, ele bombeava *neshamah* para dentro de mim, pelo cordão, para me manter embriagado. Vocês destruíram o cordão... Agora estou consciente, mais uma vez. Libertem-me e eu cuidarei dele. Libertem-me, e vocês e todas as vítimas que ele e seus irmãos mantêm aqui serão devolvidos, em segurança, a seus mundos.

— Quando Kadmon o enganou e o prendeu?

— Ontem... há milhões de anos... que diferença faz?

— Você é o Príncipe das Mentiras — disse Ibn Batil, a mente girando, o coração batendo mais forte e mais rápido do que ele jamais imaginou possível. — Como poderemos saber se diz a verdade?

— Sou a encarnação da ira de YHWH — trovejou o

gigante. — À minha maneira, represento um reflexo da vontade Dele. Você terá que aceitar isso. Levante-se, mulher.

Teresa obedeceu.

— Vire-se. Olhe.

A ladra deu as costas à face de olhos amarelos e encarou a direção oposta, ladeira abaixo. Ali, ela viu um desfiladeiro íngreme que logo interpretou como o tornozelo da criatura. A escarpa terminava em uma ampla formação rochosa, que deveria ser o pé (semelhante a um casco, mas ainda assim, um pé). Olhando à direita, ela viu que ali se erguia uma outra colina, idêntica àquela onde estava. E a ladeira desta outra colina também era um tornozelo, também terminando em um monstruoso pé. Ambos os pés estavam atados por cadeias, com elos do tamanho de carroças. E junto aos pés estavam atados punhos que pareciam capazes de esmagar continentes.

— Liberte-me — exigiu o gigante.

— Como posso fazer isso? — ela perguntou, sem se voltar.

— Desça lá. Há um meio, em algum lugar.

Ibn Batil tentou protestar, mas Teresa o calou com um gesto:

— Não. Este é meu ofício. Minha penitência.

* * *

Rasgando o pouco que restava de sua túnica negra e do turbante, e usando ainda a bainha e o cinturão da espada, Suleiman fez uma corda para baixar Teresa ao longo dos trechos mais perigosos do tornozelo irregular do demônio. Pedaços das roupas da mulher também foram usados. A maior parte da descida, no entanto, ela teve que fazer com as mãos nuas — valendo-se de pontos de apoio que poderiam ser pêlos, ou talvez protuberâncias ósseas. Ela levava consigo o conjunto de ferramentas preparado pelos Dez Homens.

Sem grandes dificuldades, a ladra chegou à primeira volta da corrente. O emaranhado das cadeias fazia do lugar um verdadeiro labirinto. Teresa podia andar, ereta, no vão central de cada um dos elos.

O primeiro teste que fez foi tentar riscar um elo, usando, para isso, uma pequena lâmina. Nada. O que significava que ela não poderia contar com força bruta. Teria que achar a fechadura e abri-la com elegância.

Ela foi seguindo as voltas e mais voltas da corrente, passando entre os tornozelos, os pulsos largos como casas, dedos que mais pareciam, cada um deles, o tronco do gigante Golias.

Às vezes, o demônio se movia, obrigando Teresa a saltar rápido para não ser esmagada entre os elos, ou empalada por uma unha. Ibn Batil parecia estar conversando com ele, mas as vozes, por algum motivo, eram quase inaudíveis ali, onde a mulher estava.

Ela encontrou o fecho em um ponto da décima segunda volta da corrente, num espaço exíguo entre os dois tornozelos. Aquele era um local apertado, onde as cadeias se dobravam em ângulos estranhos, caindo direto em vez de descrever uma curva suave. Naquele lugar, as duas pernas quase se tocavam.

O fecho ficava na ligação de dois elos redondos (e não ovais, como o restante). Se as pontas da corrente tivessem sido soldadas nessa posição, não haveria nada que a mulher pudesse fazer.

Mas não era o caso.

Um dos elos da ligação possuía uma brecha em sua superfície, uma espécie de ranhura, dentada como uma armadilha de aço para pegar lobos. Esse vão com certeza marcava a emenda do anel metálico. Então, se as mandíbulas da "armadilha" fossem afastadas o suficiente, o problema estaria resolvido.

Teresa tentou forçar a abertura com as mãos nuas, sem obter qualquer efeito visível — mas ao fazer isso ela *ouviu* algo, como a resistência de um conjunto de molas e ferrolhos. Havia um mecanismo, portanto.

O espaço entre as mandíbulas era pouco maior que o suficiente para admitir as mãos da mulher. Mas ela não precisaria de mais.

Tateando com os dedos sensíveis, Teresa logo encontrou dois pontos de pressão. Tocando um deles com cautela, a mulher percebeu, assustada, que a fissura se estreitava — e ela retirou a mão correndo, com medo de ter os dedos esmagados.

O outro ponto, no entanto, não causava efeito algum.

Depois de meditar algum tempo sobre a questão, Teresa decidiu correr um risco calculado. Usando as ferramentas dos Dez, ela preparou uma pequena pinça — um instrumento que iria pressionar o primeiro ponto e então mantê-lo sob pressão crescente, não importa o que acontecesse. O problema seria posicionar a pinça de forma correta e retirar a mão daquela armadilha antes que fosse tarde.

Respirando fundo para conter um leve tremor nos dedos, Teresa começou a operação. Por três vezes, a ladra retirou a mão cedo demais, fazendo com que a contração da fissura parasse antes da hora. Na quarta vez, porém, ela continuou trabalhando no posicionamento correto da pinça até um dos dentes da armadilha roçar seu pulso — e então puxou a mão com tanta violência que abriu um talho por todo o comprimento do antebraço.

Mas a ferramenta estava bem colocada. A armadilha se fechou completamente, eliminando a fissura e esmagando a pinça. Vinte segundos depois, as mandíbulas começaram a se afastar — e mais, e mais — até que houvesse espaço suficiente para desfazer a interligação dos elos. Mesmo com o braço ferido, a mulher obrigou cada um de seus músculos a distender-se ao máximo, puxando um daqueles anéis metálicos, do tamanho de uma carroça e ainda mais pesado, por uma distância que era menos de um palmo — apenas o suficiente para colocá-lo em uma posição favorável.

Ela saiu de entre os tornozelos do gigante, e se afastou o máximo possível, e gritou, a plenos pulmões:

— Pode se mexer!

Houve um clangor como se todas as legiões de Roma deixassem cair seus escudos ao mesmo tempo, e então o demônio estava em pé, com Suleiman na palma da mão esquerda.

— Agora — a voz trovejou — vocês verão como mantenho minha palavra!

* * *

Eles estavam rastejando para fora de uma pequena gruta, a nascente por onde os Dez haviam fugido. A água não durava muito depois de deixar a sombra, evaporando-se ou sendo absorvida pela areia em poucos instantes. No entanto, Ibn Batil e Teresa não estavam preocupados com água. Ambos se voltaram para a direção onde, instintivamente, sabiam que estaria a Antares da Terra.

Foi uma visão majestosa: toda a face sul da Cidade era visível, com seus dois trechos de muralha e três torres. O *neshamah*, no entanto, estava desaparecendo, convertendo-se em uma névoa vermelha que depois se dissipava, mesmo sem vento. A rocha nua rapidamente se reduziu a areia e cinzas, como se eras de desgaste e envelhecimento se concentrassem em poucos momentos. E então uma grande nuvem branca, o vapor do que havia sido o lago Daath, se ergueu em redemoinho, soprando a areia e as cinzas por sobre todo o oásis, sufocando plantas, erodindo pedras, estrangulando a pequena fonte e aparentemente soterrando o casal de aventureiros. Após milhões de anos, o deserto reivindicava aquele pedaço de terra profana.

Os dois se jogaram no interior da gruta da nascente, em busca de proteção contra a tempestade de areia. Teresa disse, gritando para se sobrepor ao uivo das areias:

— Ele tinha prometido...

— Que voltaríamos em segurança para nosso mundo. Estamos aqui, não estamos?

* * *

Os últimos meses haviam sido duros para François Rouen, mas nem por isso pouco proveitosos. Depois do ataque que sofrera por parte daquele estranho grupo de bandoleiros deformados — ataque em que seu empregador, Dom Manuel, perdera a vida — o mercenário havia conseguido não só escapar de seus captores mas, também, sobreviver sozinho no deserto por tempo suficiente para obter pistas frescas sobre o paradeiro daquele Salomão Não-sei-quem que sequestrara Dona Teresa.

François era um homem de honra. Sua missão era levar Dona Teresa até o noivo, em Goa. E a única forma de impedir um Rouen de cumprir uma missão era matando-o. Os mouros já deviam ter aprendido isso há mais de setecentos anos.

Nesta manhã, François havia encontrado uma das aberrações que serviam ao tal Salomão dormindo sob um grande obelisco negro. Ele não sabia o que um obelisco daquele tipo fazia em pleno deserto, e nem como um guerreiro experiente (coisa que o mouro deveria ser) se permitia dormir com o dia claro, em vez de ficar de guarda.

Mas isso não importava. Usando seus conhecimentos não muito precisos do idioma árabe — e com alguma persuasão adicional fornecida pela ponta do sabre espanhol — François convenceu o pagão a guiá-lo até onde Dona Teresa deveria estar.

Eles levaram os camelos, mas Rouen não permitiu que Haroun montasse. Em uma perseguição pelo deserto, o francês imaginava que não seria páreo para um nativo.

O passeio durou mais que meio dia. Finalmente, eles chegaram ao que parecia ser a ruína de um oásis — algumas copas de árvore ainda aparecendo aqui e ali, a carcaça de um camelo morto... mas, no geral, tudo coberto pelas areias.

— Onde ela está? — perguntou Rouen, enfurecido, pressionando a ponta da espada contra as costas do tuaregue. — Vamos, fale!

— Eu... não sei... — respondeu Haroun, com cautela. — Ibn Batil e Dona Teresa vieram para cá, para a cidade do oásis. É só que eu sei.

— Ora, seu cão mentiroso... Não há cidade alguma neste oásis. Sabe de uma coisa? Vou abrir suas tripas e ficar olhando enquanto os abutres...

— Capitão Rouen, não faça isso!

A voz era feminina, e falava em um português correto e límpido. François se voltou, mal acreditando em seus ouvidos — e, depois, em seus olhos:

— Dona Teresa!

— Sim, capitão. Viva e bem.

Ela tinha o antebraço direito enfaixado com trapos. O vestido estava destruído.

— E o assassino...?

— Refere-se a mim, mercenário?

Suleiman deu um passo, saindo de trás do mesmo monte de areia que até há poucos momentos ocultara Teresa. O bandoleiro claudicava, apoiado em um cajado. Ele estava seminu e trazia uma cicatriz feia no peito, como se uma ferida tivesse sido fechada a ferro quente.

Observador treinado, Rouen logo percebeu que os dois pareciam bem à vontade juntos. A constatação incomodou o mercenário.

— Tivemos uma tempestade e tanto por aqui, outro dia — disse Suleiman. — Só escapamos graças a uma pequena caverna, ali atrás.

— Devo levar a senhorita até Goa — disse Rouen, sem baixar o sabre. — Esta é minha missão. Dona Teresa?

— Você quer ir? — Ibn Batil perguntou à mulher.

Teresa pensou um pouco. Ela se lembrava, ainda que vagamente, do arrependimento que experimentara ao olhar nos olhos do demônio, do medo de algum dia voltar ao Inferno não como visitante, mas como vítima. Ela se lembrava de uma sensação que a atingira nos instantes em que havia estado, de joelhos, perante Satanás — uma sensação de que seria melhor viver uma vida mais pura e mais verdadeira.

Mas era apenas uma lembrança vaga. Muito vaga.

— Quero. Você vem comigo? — ela perguntou.

— Não — ele respondeu. A voz traía sinais de fraqueza e cansaço. — Lembre-se de meu nome... significa "Filho do Vazio". Ao que tudo indica, nos últimos dias perdi uma boa chance de encontrar meu "pai". — Ele sorriu um sorriso melancólico. — Adeus!

Ele a abraçou, e ela o beijou. Rouen estava exasperado:

— A senhorita tem um noivo que...

Mantendo o braço esquerdo em volta da cintura de Teresa — na verdade, apoiando-se nela —, Suleiman usou o direito para arremessar algo na direção de

Rouen. O mercenário pegou o objeto no ar, usando para isso o braço ferido. O movimento brusco causou um pouco de dor, mas valeu a pena: a presa era um rubi enorme, do tamanho de uma amora.

— Acho que posso esperar um pouco mais — disse Rouen, pensativo. E então se voltou para Haroun: — Diga-me, mouro, há algo para se beber nesse seu alforje?

Este livro foi impresso em papel pólen bold na
Printing & Internet Solution S/A em maio de 2012.